兒童成長故事注音本

孤獨的時候

劉健屏　著

中華教育

目 錄

1. 孤獨的時候

Gū dú de shí hou

-1-

灰濛濛的天空，從早到晚低垂着，幾乎壓着校園的屋頂，好像黃昏從早晨就開始降臨了。

放晚學的時候，天又淅淅瀝瀝地下起雨來。

同學們已三三兩兩地回家去了，而吳小舟卻依然坐在自己的座位上，孤寂地看着窗外的如織煙雨。

灰色的天空，灰色的雨，窗玻璃也成了灰色的⋯⋯

他的心裏，彷彿被這灰色塗滿了。

「盜竊犯的弟弟。」啊，這有多麼丟人！

幾天前，當兩位身穿制服的警察，把他的哥哥從家裏帶走的時候，他完全嚇蒙了。他聽不見母親嚎啕的哭聲，看不見父親臉上縱橫的老淚，他像遭到了一個晴天霹靂……

他整整兩天沒來上學。

同學中間，沒有人問他「你是不是請假外出了」，也沒有

人問他「你是不是生病了」，那是因為大家都知道他不到學校的原因──在這不大的縣城中學裏，尤其在這對甚麼事情都充滿好奇的初一年級，消息就像長了翅膀一樣。

孤獨的感覺，開始緊緊地籠罩着他。

彷彿他的身上帶有某種病菌似的，一些同學遠遠地躲避着他，即使有些同學由於學習上的事偶然和他交談，那眼光也都變得很異樣：就像他突然掉了一隻耳朵，或者是他的脖子上正盤着一條可怕的蛇……

難堪的日子。

雨，在不停地下着。

教室裏空蕩蕩的，同學們差不多都走光了。沒有人約他同行，沒有人邀他合撐一把傘，就連以前一直和他同來同往的朋友王清也獨自回家了。

而他，沒帶雨傘。

雨水拍打在教室的窗玻璃上，一行行地往下淌，就像是人的眼淚……

啊，盜竊犯的弟弟！他的心裏一陣陣地發酸。

「吳小舟，我……我和你一起回……回家吧！」

吳小舟猛一抬頭，站在他面前的是班上的姜生福。教室裏也只剩下他們兩個人了。

這是一把破舊的油布傘，兩根傘骨已經折斷，傘的一角耷拉了下來，其餘的部分僅僅能罩住兩個人的頭。

雨珠急驟地敲打着傘面。

他倆緊緊地挨在一起，在馬路上走着。

同路、合傘，這在平時再也平常不過的事情，現在對吳小舟來說，意義卻非同一般……

吳小舟忍不住抬起頭，感激地看了看身邊這位長得高頭大馬的同班同學：

姜生福，生就一張傻乎乎的、不會與別人混淆的大臉，他的眼睛也很大，但大而無光，顯得不太靈活。他的表情常常是呆板的，很少有變化。老師批評他，他是這樣一副表情；

老師表揚他，他也是這樣一副表情。他似乎對甚麼都滿不在乎。他還有一個口吃的毛病。

不知是他先天不足，還是後天失調，他的學習成績差極了，儘管他留了一級，但在現在的初一三班裏成績還是最差的一個。沒有人為他着急，沒有人為他惋惜。對掛有許多「紅燈籠」的成績單，對有些同學的奚落，他自己好像也無所謂。

他沒有朋友，同學中間也幾乎沒有誰看得起他。在班上，他是獨往獨來的……

可就是他，在此時此刻，用他那把破舊的傘為吳小舟擋風遮雨。

布傘耷拉的一角貼着姜生福的後背，雨水直往下淌，滴濕了他的衣服。吳小舟很過意不去地把耷拉的傘角轉到自己的一邊來，可姜生福又執拗地轉了回去。

走到一條三岔路口，該是分道的時候了。

「姜生福，謝謝你了！你自己回去吧。」吳小舟說。

「你沒……沒傘，雨很大，我送……送你到家。」

「不！這樣你得繞很多路。」

「沒……沒關係。明天，我來約你一塊上學，好……好嗎？」

「嗯。」吳小舟使勁地點了點頭。

雨下個沒完沒了，天地間像被雨織起了一張濃密的蜘蛛網。一路上，他倆幾乎沒說甚麼話。可他們緊緊地挨着，吳小舟清楚地感覺到姜生福暖熱的體溫……

第二天早晨，當吳小舟背起書包、走出家門的時候，姜生福已經等在他家的門口了。

說實在的，吳小舟在班上是個很活躍的人，成績也拔尖，還是個小組長。平時，他常常和一些成績好的同學交往，對像姜生福這樣成績差的同學是不屑一顧的。

他太好上進了，為了提升自己在老師和同學中的影響，他積極參加學校的各項活動，特別是在學校開展數學競賽或作文比賽的時候，他常常會激動得滿臉通紅，渴求能摘得桂冠，享受勝利者的榮譽。

這些年來，他的生活是熱烈的，是向上的。他似乎沒有嚐到孤獨是甚麼滋味。孤獨，對他來說是陌生的。

都怪哥哥，可恨的哥哥！

雖然，老師也說了，他哥哥的事與他不相干。但無論如何，他成了「盜竊犯的弟弟」！而這一切，又是這樣的突如其來。

在他心裏，哥哥恍然間化成了一堆苦澀而乾燥的塵埃，把他先前對生活的熱情和進取完全淹沒了。鄰居的冷眼，同學的疏遠，又使這塵埃越積越厚……

他才十五歲……

他痛苦，他自卑。他感到在同學中間抬不起頭來。

啊，孤獨！

破舊的雨傘，結伴同行……姜生福的出現，使他感到溫暖無比。而以前，他幾乎沒有和姜生福認認真真地說過一句話。有一次，當有的同學挖苦姜生福的成績單上有那麼多盞「紅燈籠」，可以節省他家裏不少電費的時候，他甚至也在一邊哈哈大笑……

然而此刻，他需要他。他害怕孤獨。

從這天起，每天上學和放學，他倆都結伴同行。雖然姜生福為此要拐不少路，常常跑得滿頭大汗，但他很樂意，吳小舟心裏也非常高興。

這天，吳小舟在校門口等姜生福一同回家，可等了好半天不見姜生福出來。

怎麼回事？剛才放學時，姜生福幫音樂老師抬風琴去辦公室，約好讓他在校門口等的。

吳小舟又等了一會兒，還不見他來，就自顧自走了。

「小……小舟——」

吳小舟沒走多遠，聽見姜生福在背後喊他。

他回頭一看，不由得大吃一驚。

只見姜生福頭髮蓬亂，衣袖被撕破了一塊，臉頰上留着被指甲劃破的痕跡，鼻子裏還在向外淌着血。

「你怎麼了？」吳小舟瞪着眼睛問。

「和人打……打了一架。」

「和誰？」

「隔壁初一二班的幾個混……混蛋。」

「他們惹你了？」

「沒……沒有。他們在背後說……說你壞話，正好給我

撞……撞上了。」

「他們說甚麼來着？」吳小舟趕緊問。

「說……說你哥是盜竊犯，難道你以前會……會一點不知道……別……別聽他們的，都是胡說八道！」

吳小舟痛苦地閉上了眼睛。

哥哥是哥哥，他是他！可有甚麼辦法，哥哥是罪犯，他就得陪着受罪。這並不是他始料未及的。

吳小舟掏出手帕，一邊給姜生福擦鼻血，一邊輕輕地說：

「讓他們說去，你何必和他們打呢。」

「因為你是我的朋……朋友！朋友啊！」

吳小舟的手猛地頓住了，兩行眼淚從他的眼窩裏撲簌簌地流了下來。

朋友！

孤獨時的夥伴，逆境中的朋友！

有甚麼比這更誠摯？有甚麼比這更珍貴？

他真想緊緊地、緊緊地擁抱他！

吳小舟暗暗地發誓：他要待他好，永遠好下去！他要為他補習功課，幫助他消滅成績單上的「紅燈籠」；他甚至決定，把他親自製作的、不久將參加學校比賽的那架心愛的船模送給他……

-3-

他們確實成了好朋友。

姜生福經常邀請吳小舟到他家去玩。姜生福的父親前兩年病逝了，他媽媽靠着擺粥攤來撫養姜生福和他的妹妹，日子過得比較艱難。但他媽媽對自己兒子的朋友卻非常熱情，總特地買些好吃的東西招待吳小舟。而在平時，這些東西姜生福和他的妹妹是很少有機會吃到的。

姜生福很講情義，吳小舟給他的那架船模，他端端正

正地把它放在五斗櫥上，誰也不許碰。在家裏，他除了要帶妹妹，還要幫他媽媽幹好多活，但為了能和吳小舟一起上學，他每天總起得很早，幹完活就跑着步去約吳小舟。吳小舟過意不去，說以後由他來約，可姜生福執意不肯。

吳小舟也請姜生福到他家去補習過兩次功課。雖然由於姜生福基礎太差，收穫不大，但他那呆板的表情也有了變化，不時會露出笑意，那是一種滿足的微笑。

「一個人，要是沒有朋⋯⋯朋友在一起玩，那多⋯⋯多無聊啊！」一次，姜生福這樣感歎道。

是的，姜生福以前幾乎沒有朋友，他也是孤獨的。

其實，他並不是對甚麼都滿不在乎 —— 他需要朋友，他珍重情誼。

半個多月過去了。

秋風吹起了哨子，給大地帶來了涼意。

這天放學，姜生福來到吳小舟家做課外作業。剛做到一

半，廚房的牆角突然傳來了蟋蟀的叫聲。

蟋蟀，對他們這樣年齡的孩子，是格外有吸引力的。

他們對看了一眼，便毫不遲疑地放下作業循聲找去。

吳小舟家住的是平房，和隔壁幾家鄰居構成一個院落。

房子雖說不上破舊，但已經住了幾十年了。吳小舟家的廚房，由於煤氣、潮氣的侵蝕，牆壁都灰黃了，尤其牆根石灰大都剝落，露出了青磚的本色。

他倆搬開桌、凳，沿着牆根尋覓着。

「蛐蛐！」叫聲從磚縫裏傳出來。

姜生福伏下身子，用手指摳着磚縫。奇怪，只一摳，那磚頭便活動了。

姜生福又小心翼翼地扳下磚頭，裏面竟露出了一個洞！

他倆面面相覷。

姜生福的手伸了進去。他在裏面摸啊搗的，拖出來的並不是甚麼蟋蟀，卻是一隻紮得緊緊的塑料袋！

他倆的呼吸都屏住了，聽得見彼此怦怦的心跳——

塑料袋裏竟 裝 着十來塊嶄新鋥亮的手錶。

怎麼回事？

贓物！吳小舟哥哥的贓物！

他們很快明白了這一點。

吳小舟的臉色頓時變得蒼白，鼻尖上也沁出了汗珠。

怎麼辦？

一隻蟋蟀從那牆洞裏跳了出來，在屋子裏從容不迫地叫了幾聲，然後跳到院子的草叢裏去了。

屋子裏靜得出奇。

姜生福像突然清醒過來似的，大聲叫道：

「小舟，快……快送到警察局去！」

「不，等一等……」

此刻，吳小舟的腦子裏亂糟糟的。

他並不懷疑這是哥哥的贓物，但就這樣把它送到警察局去嗎？是不是等爸爸媽媽下班回來後再說？如果送到警察局，哥哥又會怎麼樣呢？……

「你還猶……猶豫甚麼！快……快送到警察局去！」

由不得吳小舟細想了，姜生福以他少有的執拗，把吳小舟連拖帶拉地拽出了門口……

生活，有時候會時來運轉的。

讚揚、榮譽、鮮花和「盜竊犯的弟弟」的稱號一樣，又突如其來地降臨到了吳小舟的身上。

吳小舟把手錶交給警察局後，經警察局核實，那手錶的確是吳小舟哥哥的贓物。消息很快傳到了學校，學校轟動了！

老師在班級裏表揚了他，校長在全校大會上表彰了他。

兄弟學校邀請他去演講，記者前來採訪，他的照片和事跡還上了市報——這在這所中學的歷史上可是絕無僅有的。

他，一下子成了敢於同犯罪行為作鬥爭的正義少年。

想一想吧，一個孩子發現自己親哥哥的贓物，立馬就交給了警察，這是多麼不容易啊！校長也說了，他的可貴之處正在於他的「毫不猶豫」，他經受住了生活嚴峻的考驗。

同學們也不再疏遠他了，同學們的眼光雖然還有些異樣，但已變成了讚歎和欽佩……

「小……小舟，我真為你高……高興。」姜生福發自內心地說。

吳小舟沒有作答。是的，吳小舟自己也很高興。他甚至有些飄飄然了。

「盜竊犯的弟弟」，他並沒有因為這個恥辱的身份在同學中降低地位，如今反而贏得了榮譽。啊，榮譽！這可是他沒有想到的。

不論在甚麼場合，他在敍述事情經過時，沒有談起自己的猶豫，他覺得沒有必要，即使說有過猶豫，那也是內心的片刻的。至於姜生福，他也沒提起，只是說他當時正在為一位同學補習功課，用這「一位同學」替代了。他覺得這樣的事情不應該讓姜生福牽扯進去。

從此，放學回家，已不單單是姜生福一個人陪伴着他了，他原先的朋友王清和另外幾位同學又和他結伴了。

如果說，前一陣他的一些朋友、同學對他的疏遠，曾使他感到淒涼、孤獨，或者有些反感的話，那麼現在，這種淒涼、

孤獨以及反感的情緒都煙消雲散了。他甚至覺得一點也不能怪罪他們，正像老師說的，他哥哥的被捕如此突然，同學們一時無法接受，也是可以理解的。

啊，秋陽是那麼燦爛，秋風是那麼涼爽。

一切都理通氣順，一切都令人心曠神怡。

他感到充實，他感到振奮，灰色早已蕩然無存了！

-5-

吳小舟的地位不僅在學校裏發生了變化，在家裏同樣也發生了變化。

哥哥被捕使他的父母傷透了心，他們把唯一的希望寄託在吳小舟的身上。他們盼他能學好，盼他能出息成材，為了讓他上學更方便些，還給他買了輛嶄新的自行車。

可憐天下父母心。因為吳小舟的哥哥在外交壞朋友才導致

犯罪墮落的悲劇，他們也審查起吳小舟的朋友來。當他們得知這段時間每天來約吳小舟上學的姜生福是班級裏學習成績最差的學生時，小舟的父親叫了起來：

「哎呀，班級裏成績好的同學多的是，你怎麼和他交起朋友來了？你得離他遠點。」

「是呀，」他母親也說，「和成績好的同學在一起，還能在學習上互相交流，和他在一起有甚麼好處？只會浪費時間。小舟啊，我們全家就指望你了。」

父母的話，吳小舟並不是沒有聽進去。

自從原先一些同學、朋友和他重新親近、復交後，他似乎也開始感到和姜生福在一起的乏味。姜生福太不會講話了，他們在一起的話題也太單調了。以前，他是從不與成績差的同學為伍的，他瞧不起他們。有時候，他也為自己會突然和姜生福這樣的同學交上朋友而感到驚奇，他甚至後悔不該隨隨便便地把那架心愛的船模送給他……當然，這種想法也只是剎那間的。

這天清晨，姜生福又來約吳小舟上學了。

吳小舟推出了那輛嶄新的自行車，對姜生福說：

「生福，以……以後……你別來約我上學了……看，我有自行車了。」

吳小舟說得很輕，話語也有些吞吐。

「哎喲，這車真……真漂亮。」

姜生福羨慕地撫摸着自行車的坐墊，嘖嘖地稱讚着。他沒有察覺到吳小舟聲調的異樣，又說：

「小舟，你……你慢慢騎車走，我在一邊跟着跑，這樣我們還……還能一起上學。」

「不，你自己走吧，我騎車快。」

「不要緊的，我跟得上。」

於是，馬路上出現了這樣一幅情景：一個孩子騎着車；另一個孩子在車子一邊跟着跑，書包在他的屁股上反覆拍打着，汗珠從他的額角上沁了出來。

吳小舟的車子並沒有減速，輪胎擦着路面，發出輕快

的「沙沙」聲。可姜生福的步子卻越來越沉重，喘息也越來越粗，儘管他把書包夾在了腋下，甚至脫下了外衣、絨線衣，只剩一件汗衫，可汗水還在不停地淌……

終於，他跑不動了，車子卻遠去了。那車子的鋼圈在晨曦下閃出的光環，在他的視野裏漸漸消失了！

破舊的雨傘，把他們倆連結了起來；可這輛嶄新的自行車，卻又把他們倆的距離拉開了。

每天上學、放學，他倆不再同行了。

在學校裏，他倆也很少在一起。短暫的課間，不是其他同學圍着吳小舟，就是吳小舟和其他同學去操場上玩。

姜生福幾乎被吳小舟遺忘了，在班上他又成了獨往獨來的人……

「小……小舟，今天放學到我家去玩，好嗎？」

姜生福的眼睛不安而期待地盯着吳小舟。

「不，不去了。放學後，我還得做數學題呢。另外……」

「去，去吧！」姜生福着急地打斷了吳小舟的話，轉而低下頭，揉着自己的衣角，輕輕地說，「我媽也惦記你呢，她說，你這一陣怎麼老……老不來玩……」

「對你說不去，就是不去！你怎麼老纏着我！學校馬上要進行船模比賽了，我把船模送給了你，我還得重新做船模呢！」

姜生福驚呆了！

他那大大的眼睛裏迅速地盈起了淚水。

吳小舟一愣。他想說甚麼，可終於沒啟脣。

姜生福默默地轉過身，獨自走了。

第二天早晨，吳小舟踏進教室，他剛想把書包塞進桌肚，卻發現桌肚裏有東西。他拿出來一看——

一隻船模！

這就是他送給姜生福的船模。但船模的每一塊舷板，每一根桅杆，都被銀粉細心地塗滿了，反射出柔和的銀光。

船模上插着一張紙條，吳小舟急忙打開，上面只寫着幾行字：

吳小舟同學：

　　船模還給你。昨晚我用銀粉漆了一下，你可以用它參加學校船模比賽。船模一點也沒有弄壞。

姜生福

×月×日清晨

　　字條上似乎有淚痕。

　　吳小舟愣住了。

　　他回頭看了看姜生福的座位，座位上是空的……

2. 失敗者

你失敗了，敗得這樣慘！

你抱着笙，步子艱難地走下舞台。從大老遠我就看見，兩行淚正從你的眼窩裏爬出來。

你踉蹌地向我走來，我快步地朝你迎去。

你終於撲入我的懷裏，哭泣了起來：

「爸爸……我把譜子全、全忘了……」

舞台前十幾位評委和台下幾百名聽眾的眼睛，都深表同情又不無遺憾地盯着我們父子倆。直到下一個演奏者上台，他們才把目光收回去。

我撫着你的肩，在後面的空位上坐了下來。

「阿波，擦乾你的淚！」

你「嗯」了一聲，抬起袖管擦淚。可是，這淚擦不乾，擦乾了又流出來。

是的，你太傷心了。這一陣，你晨練呼吸，晚練指法，練得極為刻苦。你才八歲，卻已能吹奏一支完整的獨奏曲了。你的老師是個著名的笙演奏家，他毫不掩飾對你的靈氣的讚賞，他甚至悄悄地對我說，這次「少兒民樂演奏大獎賽」你或許能獲獎。甚麼都想周全了，可偏沒料到你卻患了舞台恐懼症……

剛才，當你臉色蒼白、嘴脣顫抖地走上舞台時，我就預感到不妙。劇場裏安靜極了，人們都屏息斂氣地等待着你的吹奏，可在強烈的舞台燈光下，你雙手僵硬地捧着笙，久久地沒有發出聲音來。我的全身頓時被冷汗浸透了，眾目睽睽下，我不顧一切地站起來朝你揮手，想給你鼓勁，可你呆若木雞，目光不知所措地迷失在了茫然之中。這寂靜的幾秒鐘對我來

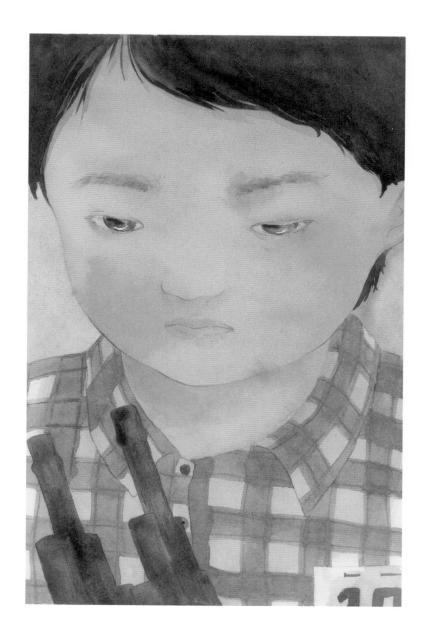

說就像是漫長的幾年。我的胸膛被心臟撞得生疼！人們的等待變成了輕微的騷動，而這騷動把你僅存的一點勇氣也摧垮了。你終於甚麼也沒吹，就走下了舞台……

「爸爸，我很難過。剛才，我太緊張了。」

「沒甚麼，阿波。你畢竟是第一次上台演奏。」這個時候，我只能安慰你，「大人也會遇到失敗的，比如爸爸寫的稿子被退回來，但重要的是爸爸還在寫呀寫……」

舞台上一位與你一般大小的女孩子在彈古箏，她彈得很自如很灑脫。我感歎地說：

「瞧她，彈得多好！她好像把世界上的一切都忘了，只有她和她的音樂。」

你專注地看着，聽着。突然，你抓住了我的手，我感到你的手在戰慄。你極輕地說：

「爸爸，我還想試試，可以嗎？」

我怔怔地看着你：

「譜子你又記起來了？」

「記起來了。」

「你不害怕了？」

「不害怕了，爸爸。」

你的淚已經擦乾了。我像對一個成人一樣，抓住你的手使勁晃了兩下，說：

「好樣的，像個男子漢！」

徵得了評委們的同意，你再次登上了舞台。

當聽眾們認出剛才狼狽不堪地逃下舞台的就是你的時候，頓時鼓起掌來！

多麼及時的掌聲！我的眼睛一下子濕潤了。我在心裏喊道：謝謝你們，親愛的評委和聽眾們！

掌聲過後，一片靜寂。你終於吹奏起來了。聲音起先稍顯生硬，漸漸地圓潤和流暢起來。最後，我發現，你和你的音樂已融成一體了……

3. 希望

到上海的三〇三次火車，離發車時間還有一個多小時。

我走出南京站嘈雜的候車室，慢慢踱到了廣場南面的玄武湖畔。

這兒安靜多了。初春的陽光照在身上暖融融的，湖面上吹來的風也是輕軟濕潤的。湖邊有一片草坪，青草新綠，散發着馥郁的氣息。

我在一張長椅上坐了下來，享受着這湖邊春光。

「將軍！哈哈，你又完啦！」

突然，在我坐的長椅後面響起了一聲歡叫。我轉身一

看，原來兩個孩子在草地上圍着一張塑料棋盤下象棋。哈哈，他們真會玩，在這迷人的湖畔，在這風和日麗的星期天。

他倆都在十二歲上下：一個胖乎乎的，盤膝而坐，從他沮喪的神情，可以看出他大概是被「將軍」的一方；另一個瘦精精的，合撲臥着，雙手托着下巴，兩隻腳得意洋洋地拍打着草地，顯然，剛才的歡叫聲是他發出的。

我被吸引過去了 —— 我也是個「棋迷」。

用不着挪動位置，我就能從上到下看清雙方的棋路。那精瘦的孩子的這一招確實很猛，那是「悶宮將」，小胖子已是殘局難收了。

下棋對「棋迷」的引誘力，不亞於饞嘴的孩子看見了泡泡糖。我忍不住繞過長椅，對那精瘦的孩子說：

「我和你來一盤，怎麼樣？」

「真的？」

那瘦孩子驚喜地看了我一眼，馬上爬起來，擺好棋子，正襟危坐，一副認真應戰的架勢。

那小胖子像得到了甚麼赦免令，朝邊上滾了個骨碌，就「讓位」了。

萬萬沒想到，我和這孩子一開局，竟像糨糊碰到了膠水，怎麼也擺脫不掉他。

第一盤，我讓他走「先手」棋。別看他年紀小，卻佈局熟練，棋路有條不紊，內行人一看就知道，他的棋藝不淺。他一開局就架起了「窩心炮」，企圖用重炮加夾馬衝中兵，轟擊我的中線。儘管他的攻勢很是尖銳猛烈，但我畢竟是在棋賽中經常得名次的，我一面用「屏風馬」穩固自己的陣地，一面運用雙炮巡河，並將左右兩方的車、馬、炮構成了一個戰鬥系統，輔助防守和及時進攻。很快，我就割斷了他的子力的聯繫，打亂了他的部署，繼而乘虛而入，頻頻喊「將」，沒多久，他就被我「將」死了。

他緊咬着下嘴脣，呆呆地看着敗局沒作聲。突然，他把棋子一和，飛快地重新擺整齊，用不容商量的口氣，說：

「再來一盤，你先走！」

我看了看錶，估計乘車還來得及，也就答應了。

好像棋藝和年齡成正比似的，我總比他「棋高一着」。

第二盤，三下兩下，我又贏了。

他的臉微微泛紅，下嘴脣咬得更緊，依然一聲不吭。當

他又把棋子一和，想重新擺棋時，被我阻止了。

「不下了，不下了，我還得乘車呢。」我說着，手撐着地，打算站起來。

他見我要走，趕緊伸手拉住我，滿臉堆笑地說：

「好叔叔，別走！再來一盤，再來一盤嘛！說不定這一盤我就能贏你呢。」

儘管他是用一種懇求的、討好的、近乎可憐巴巴的口氣在對我說話，但我十分清楚地感覺到，在他這話語裏，分明潛伏着一股強烈的慾望 —— 想贏我！

「好叔叔，再來一盤嘛，就一盤！」他一個勁地搖晃着我的手臂。

看他這副神情，我倒變得不好意思拒絕他了，好在再下一盤還不至於火車脫班，我只得重新坐好，下第三盤。

在這一盤中，他顯然用足了功夫，一心想置我於死地。有兩步棋他走錯了，我好心地讓他重走，卻不料他氣呼呼地說：

「大丈夫摸子走子，落棋不悔！」

小胖子雙腿跪在中間，大呼小叫着想給他當「參謀」，他把小胖子一推說：

「去去去！聽了你的話不輸才怪！」

結果，這第三盤他又輸了。

無論如何不能再下了，我站了起來，拍了拍褲子上的草屑，說了聲「再見」，準備開步。

沒想到，他愣了幾秒鐘，「噌」地跳起來，滿臉通紅，伸出雙臂攔住了我的去路，一臉失敗後不服氣要「血戰到底」的神氣：

「別走！有種再來一盤！」

他的口氣已完全不是剛才那樣的懇求了，簡直是強硬的挑戰！

我一時間怔住了。哪有這種人，連輸三盤還要來，竟攔着人不讓走！我真有點冒火了。但很快，我又啞然失笑了，我小時候不也是這樣的嗎，和人摔跤或打乒乓，輸了還要來，越

輸越要來 —— 我是遇到了一個道道地地的「不服輸」。

我用求援的目光看了看站在一邊的小胖子，想請他幫我說說話讓我脫身。但小胖子把頭扭向了一邊，不知是突然想起該欣賞一下玄武湖上的波光，還是想觀察一下藍天上的白雲。但我從他有意避開的目光中，分明聽到了一句話：

「你別想說服他，唯一的辦法就是再和他下！」

真沒想到，這孩子精瘦的骨子裏竟蘊藏着那麼強的好勝心。他又用近乎命令而又十分自信的口氣說：

「再來一盤！這才是最後一盤。我一定會贏你的，一定！」

莫名其妙，明明知道他用的是「激將法」，我卻又坐了下來！

我想，對付這樣一個執着的孩子，看來只有讓他徹底服輸！但才走了兩步，我幡然醒悟：我的棋走得也太兇了，我的對手只是一個孩子呀，我何必要把一個孩子殺得那麼「慘」呢？瞧他那種脾性，如果我一直贏下去，他一定會纏着我不放，從這上午下到天黑，再從天黑下到天亮的。真是「聰明

一世，糊塗一時」，我何不讓着他點，讓他「贏」呢？唉，這腦瓜！

確定了方針，我就有意讓車走到他的馬口裏，讓馬跳入他的車口中，由他「吃」。他提醒了我兩次，但我用他剛才的話回敬了他：

「大丈夫摸子走子，落棋不悔！」

當我第三次有意將一隻炮移到他的相口時，他頓住了。他抬起頭，驚奇地看着我。片刻，他像明白了甚麼似的，眼睛一下子瞪得大大的，胸脯一起一伏，氣得不行。猛地，他將棋子往中間一和，氣呼呼地說：

「不下了！哼，贏了幾盤棋就捉弄人了！誰要你有意讓我，誰稀罕你饒棋？還是個大人呢，哪裏像個正經下棋的樣子？你侮辱人……」

說着說着，他竟哭了。他胡亂用塑料棋盤將棋子一團，站起來走了。他一邊走，一邊還回過頭來哭着說：

「……唔……你別神氣！一年之後你有種再到這裏來和我

下，我不贏你就⋯⋯就不是人！唔⋯⋯」

他哭着，走遠了。

我呆呆地站在那裏，不知所措。

「嗚——」火車在鳴笛。我抬起手腕一看錶：完了，三〇三次車已經開了！

望着那孩子瘦小的身影漸漸消失，我竟然一點不為自己火車脫班而懊惱，相反卻「撲哧」一聲笑了。

為甚麼笑呢？你會感到奇怪嗎？

4. 等　待

我在苦苦地等待着。

整整五天過去了，可我等到的依然是失望。

他的信怎麼還沒來呢？他難道不寫信了？哦，不會的。那天，我從他的神態上就感覺出來，他會寫信來的，會的。否則，他怎麼會問得那麼詳細呢？

我是很相信我的感覺的……

「你是哪所學校的？」他問。

我沒有回答。做好事是不必留地址留姓名的。

「噢，你是健康小學的！」他驚喜地叫道。

他真是個聰明人。其實，我只不過稍微挺了一下我的胸脯，他就一眼發現了我長袖運動衫上印着的校名——我是學校小足球隊的隊員。

「瞧你長得這麼高，大概是六年級學生吧？」

我點了點頭。

唉，幹嘛點頭，點頭不就露餡了嗎？露餡就露餡吧，反正我又沒開口；再說，也可以這樣認為，我不是有意點的頭，完全是不小心。

「你叫甚麼名字？」

我依然沒有作答，只是不由自主地摸了一下腮邊的那顆

黑痣 ── 這黑痣長得也真不是地方，偏偏長在腮邊，太顯眼了。

他親切地拍了拍我的肩膀，意味深長地說：

「你真是個好孩子，甚麼都不肯告訴我。」

但他的眼神告訴我，他甚麼都明白了。

「小朋友，謝謝你了！」

「不用謝，這是我應該做的。」

說罷，我轉過身，飛快地跑了。我的心裏樂滋滋的。

我怎麼能不高興呢？我們學校正在開展「紅花少年」活動，每個人做了好事就可以在他的姓名下畫一朵紅花，誰的紅花多誰就能被評為「紅花少年」，而且各個班之間還開展競賽哩。我們班的同學差不多每人都有幾朵紅花了，而偏偏我還是

空白。我可不是不願做好事的人，實在是沒有機會呀！有甚麼辦法，我只得丟下課外作業，利用這星期天的下午專門出來「找」好事做。

我在街上逛着。

請別笑話我，我真希望有誰不小心掉下手錶、錢包之類值錢的東西，讓我撿着，然後送到警察局去；或者，有哪位老奶奶不小心摔了一跤，而且摔得不輕，由我扶着她上醫院……

可是，一切平安無事。

我料定自己不是一個幸運的人。

我花了五分錢，在打靶的攤子上打了五次氣槍，真晦氣，一槍也沒中，其實，我早就懷疑那氣槍的準星根本就不準，這五分錢應該買支冰棍才是正確的選擇；我又在捏泥人的攤子邊逗留了一陣，看完那老頭捏豬八戒，又看他捏紅臉關公；我還在百貨商店的櫥窗前盯着一雙溜冰鞋研究了半天……

就這樣，天在漸漸暗下來了，半天時間也快過去了。

就在我沮喪地往家走的時候，他出現了！

他，三十多歲，戴着一副眼鏡，正匆匆地騎着一輛自行車。大概剛從商店出來，車後架上擺着一布袋米。

不知是因為車子突然顛了一下，還是紮米袋的繩子斷了，那米袋猛地從車架上摔了下來，大米從布袋裏撒到了馬路上。

他趕忙剎住車，返回來，收拾起他的大米。

我都已經走過去了，但立即頓住了步——瞧，「好事」不正等着我去做嗎？

我興奮了起來，快步跑過去，蹲下身子，去幫他的忙。

「小朋友，謝謝你，我自己能行。」他說。

我當然知道他不依靠我幫忙也能把米放回口袋，但我能隨隨便便地放棄這好不容易才等到的做好事的機會嗎！

我連忙用我的手替代了掃帚，把散在四周的大米聚攏在一起，又把米捧在手裏吹掉裏面的塵土，然後再放進他的口袋。

當他再三表示感謝，並把收拾好的米袋重新放上車架後，就出現了以上的那段問話……

事情就這麼簡單，簡單得只需一分鐘就能把前後經過敍述完畢。

但在這簡單中，我分明又感覺到了裏面的「不簡單」。

——在班上，有人說我有些「小聰明」，可不是，聰明也就聰明在這裏——瞧他，問得多麼詳細：「你是哪所學校的」，「是

六年級吧」，「叫甚麼名字」，這裏可是大有含義的。問題還在於，他還戴着副眼鏡，戴眼鏡的人往往是很有學問的，有學問的人會無緣無故地問那麼多問題嗎？……

顯然，他是為了寫表揚信。

啊哈，表揚信！多美的事。

於是，我就開始了我的等待。

「張籬，星期天你做甚麼好事了沒有？」

星期一早晨，我剛跨進教室，我們的班長就盯着我問。——每天早上，她都得進行這項統計工作。

我抬頭看了看後面牆報欄裏，我們班的幾個同學又多了幾朵紅花。照理，我完全可以把昨天的事情說出來，輕而易舉地換來一朵紅花。但我能這樣幹嗎？哈，這太平庸，太沒意思啦，甚至有點可憐！做了好事靠自己說出來，那簡直連小手指都不值！

我可不是這號人。我做的好事根本用不着自己說，別人會

寫表揚信來的，這可大不一樣了。而且，事情妙就妙在那叔叔只知道我所在的學校和年級，不知道我的姓名，那就得查，查呀查，自然會查到我腮邊的那顆黑痣——儘管這黑痣曾給我帶來過苦惱，甚至有的同學為此給我起過綽號，瞧瞧，它居然也有派上用場的時候——我料定那叔叔的表揚信裏一定會鄭重其事地提到我這顆黑痣，因為我沒有比這更顯眼的外貌特征了，而在健康小學整個六年級學生中只有我一個人腮邊長着黑痣！

嘖嘖，多漂亮！那簡直比做了好事自己說出來強一百倍。

我昂着頭，輕蔑地撇了撇嘴，與班長擦肩而過，自顧自坐到座位上，沒搭理她。

我的前所未有的傲慢神態激怒了班長，她大發雷霆：

「張籬，你太不像話了！你是在拖我們班的後腿，你是在毀壞我們班的榮譽！」

榮譽？我會毀壞榮譽？笑話！

我又用前所未有的忍耐心克制住自己，依然一聲不吭。

但心裏卻說：你現在不要對我吹鬍子瞪眼的，等那封表揚信一來，嘿，我可得讓你目瞪口呆，張大的嘴巴半天合不攏！雖然我做的好事並不驚天動地，但這精神是可嘉的，我們老師從來是講究「精神」的。現在有幾朵紅花算得了甚麼，到時候，我的一朵紅花抵得上你們的十朵、二十朵！

哼，班長，你等着瞧吧！

晨會上，班主任老師微笑着走上講台。

她容光煥發，顯得異常高興。她說，同學們在學校的「紅花少年」活動中表現得都很不錯，為班級贏得了榮譽，即使是星期天也沒忘了做好事。接着，她開始一一表揚……

老師一邊說着，一邊用親切的目光掃視着大家。突然，老師的目光從我的臉上掠過，好像還停留了那麼一會兒。

我的心忍不住怦怦直跳。

老師是不是要表揚我了？莫非那位叔叔的表揚信已經寫來了？啊，一定是的。要不，老師那一眼會是平白無故的嗎？

我激動地垂下眼瞼，表面上看我好像在平靜地研究課桌

上面的甚麼東西，心裏卻在暗暗琢磨，等會兒老師問起我昨天的事情，我該怎樣謙虛一番⋯⋯

然而，十分遺憾！

在老師表揚的長長的一串名單裏不但沒有我，相反，當老師表揚結束，要大家把星期天的課外作業交上去時，我卻挨了老師的批評。

「張籬，你怎麼連課外作業也沒完成？」

我無言以對。

我總不能說為了做好事，才落下作業的。如果這樣說了，我豈不是像有些同學自己做了好事自己說出來那樣平庸、那樣可憐嗎？這萬萬不能！

我埋着頭，只好暫時忍受委屈。

但老師並不就此罷休。她說：

「我總覺得，一個對集體活動漫不經心，對集體榮譽冷若冰霜的人，將來是很難對社會作出貢獻的。張籬同學，你應該好好地檢查一下自己在『紅花少年』活動中的表現。」

我心裏大呼冤枉。榮譽！榮譽！我還不是為了榮譽才落下作業的。當然，我甚麼也不能說。我心想，只要等那封表揚信一來，甚麼事情也就都明白了。到那時候，老師就會覺得很對不起我，說不定還會挺難過地對我說：「張籬同學，那天我錯怪了你。」因為最大的對不起別人的事莫過於冤枉別人了。

我不免有些嗔怪那位叔叔，他怎麼還不把表揚信寫來呢？我等得有多急啊！但轉念一想，連自己也覺得好笑。事情才過去一天，哪有這麼快呀！表揚信總不會有現成的，得要一字一句寫起來，如果那叔叔想寫得生動一點、感人一點，或者想多加幾個形容詞的話，這是挺費腦筋的；再說，寫好了信，還得去郵局投寄；信寄到了學校還得查找「那個腮邊長着顆黑痣的人」，等等，這些可都是需要時間的呀！

想到這些，我的心裏踏實了一些。

但是，等待也更急切了！

第二天過去了，老師毫無反應。我估計，那叔叔一定已經

把信寫好，並且把它投進了郵筒。在這兩天之內幹完這些事，應該說是很從容的。

第三天過去了，依然沒有半點消息。我想，說不定那信剛到學校，傳達室老伯伯把它轉給了校長，校長正在查詢六年級學生中哪位同學腮邊長着顆黑痣⋯⋯

「張籬，老師叫你到辦公室去一下。」課外活動剛開始，一位同學對我說。

「你說甚麼？」我簡直不相信自己的耳朵。

「老師叫你到辦公室去一下！」

「真的？」

「這還有假的？我剛從辦公室來。」

呵呵！表揚信來了！表揚信來了！絕對的！

我激動得滿臉通紅，飛也似的朝教師辦公室奔去。來到辦公室門口，我整了整自己的衣襟，擦了一下鼻尖上冒出來的汗珠，藉以平復自己的心情，然後帶着謙虛的表情，從從容容地跨了進去。

你猜怎麼回事，老師根本不是對我宣讀甚麼表揚信，只不過是我在領新書的時候沒簽名，現在讓我補簽一個名罷了。

「老師，還有甚麼事嗎？」我睜大着期待的眼睛。

「沒了。」

我痴愣愣地站在那裏。

老師奇怪地看了看我，繼續埋頭批她的作業。

「沒其他事了，你可以回去了。」

天哪！這可已經是第四天過去啦。

我有點沉不住氣了。

我開始懷疑那叔叔根本就沒寫信。也許，他也是一個討厭寫東西的人，就像我對寫作文感到頭疼一樣。但是，他是戴眼鏡的呀！唉，我也太天真了。戴眼鏡能說明甚麼問題？我有一個遠房哥哥不也戴着眼鏡嗎，他既不近視，也沒學問，連職工文化考試也沒及格，實在是個大草包，他戴眼鏡完全是為了掩飾他的斜視……也許，那叔叔是個小氣鬼，寄信可是要花錢的，他心疼那四分錢郵票，索性連信也不寫了，如果真是這樣，這四分錢由我來付就是了，我打氣槍就一下打掉了五分錢……也許，那叔叔患有非常非常嚴重的「健忘症」。

掐指一算，今天已經是第六天了。

我完全絕望了！我知道，我先前的感覺，只是一種錯覺罷了。

我心裏充滿了委屈和憤懣。那叔叔也真是，你既然不寫表揚信，何必裝模作樣地問得那麼詳細呢？害我白白地苦等了一個星期。

如果那半天我不是為了出來尋找好事做的話，早把那些課外作業做完，也不至於挨老師的批評；如果那半天讓我去釣魚的話，我準可以釣到好幾條鯽魚……想想吧，那天我是多麼賣力地幫他把散在地上的大米聚攏來，捧進他的口袋，我那一雙手就這樣隨隨便便地當「掃帚」使的嗎？我在家裏可是甚麼家務事也不幹的呀！

事已如此，我是不能再這樣傻乎乎地等待了。我毫不懷疑，即使等到我頭髮白，哪怕已經有了孫子，也等不到那封表揚信了。

但是，難道讓牆報欄上我的名字下面永遠是空白嗎？難道讓破壞集體榮譽的名聲就這樣落在我的頭上嗎？

不，不行！我得想想其他辦法。

辦法是有的，那就是寫周記。每篇周記老師都是要批閱的，我可以在周記裏把我做的好事公佈於眾。

妙極了！

且慢。這不是自己做了好事自己說出來了嗎？這不是太平庸、太可憐、太沒意思了嗎？

唉，現在哪能管這麼多。我這樣做和有些同學一樣，是完全可以理解的，那是為了榮譽，榮譽啊！

自己是很容易說服自己的。

於是，我開始寫我的周記……

5. 她們笑了

「嗚嗚⋯⋯媽媽來呀！嗚嗚⋯⋯」

煩死了！煩死了！伶伶放學回家，趴在寫字台上做作業已有半個小時了，可隔壁家羊羊這討厭的哭聲，像破收音機裏發出來的噪音，攪得她心煩意亂。

「嗚嗚⋯⋯嗚嗚⋯⋯」

哭甚麼呀！伶伶氣得直跺腳，還把桌上的鉛筆盒摜得乒乓響──可有甚麼辦法，他還在哭。她好幾次用手把耳朵捂起來，可那哭聲仍然一個勁地往她耳朵裏鑽，甚至比先前更煩人。

「媽媽來呀！嗚嗚……」

哦，老天爺！他甚麼時候才能止住哭呀！伶伶被他哭得頭都要裂開了。要是別人在哭，她早就跑去勸慰了，可這是羊羊，她才不願意呢！因為她不喜歡他；還有，他們兩家人不要好。

伶伶家和羊羊家是緊挨在一起的鄰居，合用一間廚房和一個水龍頭。開始，兩家人還和和氣氣的，後來為了誰家在廚房裏多佔一點地盤，彼此間就有些隱隱不快了。一次，就為了這討厭的羊羊，兩家的關係終於鬧僵了。別看羊羊才六歲，

可是個淘氣精，怪不得他晚上老是尿牀，他白天就喜歡玩水。

這天，他把自來水開得大大的，又用手抵住龍頭口，把水射得滿廚房都是，還「咯咯咯」地笑。伶伶媽見了，跑上去喝住了他，並把水龍頭關了。誰知，羊羊竟「哇」地哭了起來，還在地上打滾。羊羊媽在飲食部門工作，年紀不大卻過早發福，是個倒了湯碗就說發洪水的人，嗓門大得像菜市場上叫賣螺螄的。她一見這情景，污言穢語就出來了：

「噢唷唷，一點水值幾個錢？也不撒泡尿看看自己多大年紀了，還值得和小孩子計較，把小囝嚇出病來，你負得起責任？！⋯⋯」

伶伶媽是小百貨店的營業員，平時雖然不多言多語，但惹「毛」了她也不是好欺侮的，說起話來也刻薄。她立即「回敬」了過去：

「對小囝要多加管教，不要癩痢頭兒子自家的好。也難怪，有啥娘出啥子⋯⋯」

於是，兩人就罵罵咧咧地吵了起來。

自此以後，兩家人就不搭理了。兩家正好又是門對門，
只要誰家的門一開，臉立即都繃得緊緊的，好像誰借了錢不還
似的。特別在用自來水時更容易引起口角，不是你爭我奪，就
是誰佔上了有意遲遲不讓。

伶伶真弄不明白，她們為甚麼要吵架呢？鄰居好像班級
裏的同桌一樣，誰也不能保證平時完全沒有矛盾；還有，同桌

吵架，眨眼工夫就和好了，大人們為甚麼吵了一次架就一直不理睬呢？伶伶真有點恨羊羊，要不是他玩水，兩家大人也許不會吵起來；她也不大喜歡羊羊媽，羊羊媽不僅對她媽板着臉，對她也一樣，有時還瞪眼睛，真兇！

「嗚嗚……嗚嗚……」

還在哭！伶伶心裏的火直朝上躥。人家在做作業，這不是存心搗亂嘛！她實在忍不住了，「嚯」地站起來，把鉛筆往桌上一摔，拉開門衝了出去。

對面的門半開着，只見羊羊坐在地上，哭得像個淚人兒，身上衣服都弄髒了。

伶伶站在門口，叉着腰，大聲說道：

「討厭鬼！還哭！你知道不知道人家在做作業？吵得我明天交不了作業，你給我賠!」

羊羊見氣呼呼的伶伶突然出現在門口，猛地停住哭，但只一會兒，他又哭了，而且哭得更兇，像被開水燙了似的。

伶伶又急又恨，但又不知所措。看着他抽搐着肩膀，哭得

那樣傷心，伶伶心裏有一種說不出的滋味。她忽然想到，如果在路上碰到一個不相識的孩子在哭，她會怎樣呢？是呀，自己是高年級學生，是大姐姐了，老師早說過要愛護小同學。現在他已經在哭，你再嚇唬他，那多不好。想到這裏，伶伶的口氣變軟了：

「快別哭了，你媽很快會回來的。」

「嗚嗚……我媽不、不回來了，她到醫院去看、看我爸了，嗚嗚……我爸住、住院了……」羊羊一邊哭，一邊抽抽噎噎地說。

甚麼，他爸爸住院了？伶伶吃了一驚。她忽然有點可憐起羊羊來了，甚至後悔開始不該對他那麼兇。想一想吧，要是自己也像羊羊這麼大，要是爸爸也住院了，媽媽又不在身邊，說不定也會哭的。她輕聲柔氣地問：

「羊羊，你爸爸上午還好好的，怎麼突然生病了？」

「不，不是生病。聽媽說，我爸廠裏着火……我爸去救……就受傷了，嗚嗚……」

啊，是這樣。聽了這話，伶伶剛才對羊羊的那股怨氣全消了，一種深深的憐憫和同情湧上了心頭。她快步走了進去，俯下身，手搭着羊羊的肩膀，溫和地說：

「羊羊，別哭了！快起來，地上多髒呀，小蟲蟲要咬你的屁股哩！乖……」

「嗚嗚……我要媽媽！」

「你媽媽會回來的，你爸爸也會好的，快別哭！你到我家去玩，好嗎？我有好多好多小人書，還有積木、彩色挑棒，可好玩呢！」

漸漸地，羊羊不哭了。他在伶伶的攙扶下站了起來，一邊用胖嘟嘟的小手揉着眼睛，一邊跟着伶伶來到了伶伶家裏。

伶伶用毛巾替羊羊擦臉，為他洗手，還替他拍乾淨衣服，最後拿出她小時候的全部玩具，說：

「瞧，這是塑料鵝，還會『嘎嘎嘎』叫哩；這是積木，你可以搭很高很高的房子；還有彩色挑棒、小人書……你自個兒玩吧，姐姐做作業。」

羊羊一會兒玩玩這個，一會兒玩玩那個，有時還「嘻嘻」地笑起來。

說也怪，儘管羊羊在一邊玩也常會發出響聲，但伶伶心裏不再那麼煩躁了，作業居然做得很順利。

一會兒，羊羊放下玩具，撇着嘴說：

「伶伶姐，我要小便。」

伶伶端來了痰盂，說：

「你自個兒尿吧，尿完了再玩。」

又一會兒，羊羊推開積木：

「伶伶姐，我餓了。」

對呀，怎麼沒想到給他吃東西。伶伶又從餅乾筒裏拿出餅乾和糖果，說：

「你吃吧，吃好了再玩。」

正在這時，媽媽下班回來了。伶伶心裏一慌，媽媽看她把羊羊帶回家來，說不定會生很大的氣。她呆呆地站在一邊，看着媽媽。

果然，伶伶媽看見羊羊在自己家裏，還甜甜地嚼着餅乾，臉色很不好看。她輕聲而嚴厲地問：

「伶伶，你怎麼把他帶到家裏來了？」

「我⋯⋯」伶伶一時說不出話來。

「還不快把他帶出去，討厭！」

「媽，不！不！」伶伶急了，「羊羊的爸爸住院了，是救火受的傷，他媽媽又不在。羊羊老是哭，怪可憐的，我、我就⋯⋯」

伶伶媽聽了以後，看了看伶伶，又看了看羊羊，深深地歎了口氣，不作聲了。一會兒，她把伶伶叫到裏屋，從包裏掏出兩隻橘子，說：

「拿去，給羊羊一隻。」

伶伶驚訝地看着媽媽，一會兒就高興地叫了起來：

「媽媽，你真好！」

羊羊剛看見伶伶媽進來時還有點驚慌，現在見了橘子，便甚麼顧忌也沒有了，他一邊皺着鼻子、咂着嘴喊酸，一邊卻

chī de hěn qǐ jìn
吃得很起勁。

Yè mù jiàn jiàn jiàng lín le　　kě Yáng yang mā hái méi huí lai　　Tā men zài yì qǐ
……夜幕漸漸降臨了，可羊羊媽還沒回來。他們在一起

chī le wǎn fàn zhī hòu　　Yáng yang juàn de zhí dǎ kē shuì　　Líng ling mā kàn kan tā　　yòu tàn le kǒu
吃了晚飯之後，羊羊倦得直打瞌睡。伶伶媽看看他，又歎了口

qì　　duì Líng ling shuō
氣，對伶伶說：

Nǐ bà jīn wǎn zài yóu jú zhí yè bān　　jiù ràng tā xiān shuì zài nǐ de chuáng shang ba
「你爸今晚在郵局值夜班，就讓他先睡在你的牀上吧！」

Yuē mo jiǔ diǎn zhōng　　mǔ nǚ liǎ zhèng zhǔn bèi shuì jiào　　mén wài chuán lái le Yáng yang mā jiāo
約摸九點鐘，母女倆正準備睡覺，門外傳來了羊羊媽焦

jí de dà sǎng mén
急的大嗓門：

Yáng yang　　Yáng yang
「羊羊！羊羊！」

Tā dà gài zài zì jǐ de wū li zhuàn le yì quān　　méi kàn dào Yáng yang　　jìng jí de kū
她大概在自己的屋裏轉了一圈，沒看到羊羊，竟急得哭

le qǐ lái
了起來：

Yáng yang　　Nǐ zài nǎ li　　Wǒ de Yáng yang
「羊羊！你在哪裏？我的羊羊……」

Líng ling mā tīng jiàn hǎn shēng　　gǎn máng pǎo dào mén kǒu　　tā gāng xiǎng kāi mén yòu fǎn le huí
伶伶媽聽見喊聲，趕忙跑到門口，她剛想開門又返了回

lái　　qīng shēng duì Líng ling shuō
來，輕聲對伶伶說：

Nǐ qù gào su tā　　Yáng yang zài wǒ men zhè li　　Shuō bà　　tā zì jǐ què pǎo dào
「你去告訴她，羊羊在我們這裏。」說罷，她自己卻跑到

lǐ wū qù le
裏屋去了。

Líng ling chóu chú le yí zhèn　　lā kāi mén　　tàn chū tóu　　shuō
伶伶躊躇了一陣，拉開門，探出頭，說：

「阿姨，羊羊在我們這裏，他睡着了。」

羊羊媽愣了。她走到伶伶家門口，又猶豫了一下，最後還是跨了進去。當她看見羊羊好好地躺在被窩裏，臉紅撲撲的，嘴角邊還浮着甜甜的笑的時候，竟一時說不出話來。

她走上去抱起了羊羊。羊羊被驚醒了，他睡眼朦朧地說：

「媽，你回來了。」

「乖孩子，我回來了。你餓壞了吧？」羊羊媽心疼地說。

「不，我不餓！」羊羊說，「伶伶姐給我吃了餅乾，吃了橘子，吃晚飯時，阿姨還夾給我一塊好大的肉……媽，爸爸怎麼了？」

「你爸很快就能出院……」羊羊媽哽咽得說不下去，她把自己的臉緊緊地貼在羊羊的臉上，淚水唰唰地流了出來。停了許久，她看了看亮着燈的裏屋，大嗓門輕得像蚊子叫：

「伶伶，謝謝你！謝謝你媽……」

……第二天一早，伶伶像往常一樣，跟媽媽一塊兒起牀了。媽媽剛拉開門，卻見羊羊媽也正好拉開了門，兩人碰了

個照面。剎那間，像誰突然下了道命令似的，她倆都不好意思地低下了頭。說也巧，她倆低着頭又不約而同地走到了水龍頭前，並且同時站住了。還是羊羊媽先開口：

「伶伶媽，你先用。」

「不，別客氣，你先用。」

伶伶看到，兩個大人相對笑了……

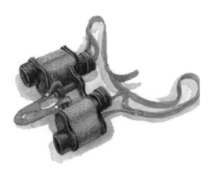

後　記

這套注音本裏所收的短篇小說是我最初的創作：

　　那時，兒童文學創作界深受前輩陳伯吹先生兒童文學理論的影響，把兒童情趣的營造當做很高的追求，其實這沒錯也非淺薄，兒童情趣也是兒童文學區別於其他文學門類的重要特徵。事實上，兒童情趣的獲得是極難的，要達到「妙趣橫生」的境界談何容易，就像幽默感這麼高貴的東西不是誰都能擁有的一樣。這些小說中許多調皮的孩子身上都有我童年的影子，雖說那個年代物質匱乏、生活清苦，但我們無比快樂，我們可以盡情地奔跑追逐、嬉戲玩耍，我們和大自然、小動物有親密的接觸，我們能發明層出不窮的玩的花樣……相比現在的孩子沉重的學業、對成績和名校過分的追求，我們的童年是多麼的幸運！其實，「會玩」是值得推崇的，在「玩」的裏面隱含着無盡的想像力和創造力。我相信，一個「會玩」的孩子一定身體健康、心理陽光、充滿情趣，你說對孩子還有甚麼比這更高的期盼！

這套注音本裏還有一批抒情性的小説:

那時「以情見長」、「以情感人」的文學理念非常流行,所以有一段不太長的時間我無論在選材上還是在行筆上,很刻意地去追求純情和唯美,我努力想把自己感受到的一些美好的情愫傳達給孩子。而今,當我再度讀到我那時寫下的文字,有時會為自己當初的稚嫩而啞然失笑,有時卻又為自己感動,感動自己年輕的時候竟有那麼純真美好的情懷。我嘗試着把這些作品讀給我9歲的孫子聽,他竟聽得極為入神,我稍停片刻,他就迫不及待地催問後來呢、後來呢。我把關心姐姐在電台裏誦讀的我的作品片斷播放給他聽,他更是聽得如痴如醉。孩子確實需要美好情感的滋養,這樣,快樂和高雅會陪伴着他的人生。

希望小朋友們能喜歡我的這些作品。

劉健屏

2018年1月

責任編輯　楊紫東　楊禾語

裝幀設計　鄧佩儀

排　版　鄧佩儀

印　務　劉漢舉

兒童成長故事注音本

孤獨的時候

劉健屏　著

出版｜中華教育

香港北角英皇道 499 號北角工業大廈 1 樓 B 室

電話：(852) 2137 2338　傳真：(852) 2713 8202

電子郵件：info@chunghwabook.com.hk

網址：http://www.chunghwabook.com.hk

發行｜香港聯合書刊物流有限公司

香港新界荃灣德士古道 220-248 號荃灣工業中心 16 樓

電話：(852) 2150 2100　傳真：(852) 2407 3062

電子郵件：info@suplogistics.com.hk

印刷｜美雅印刷製本有限公司

香港觀塘榮業街 6 號海濱工業大廈 4 字樓 A 室

版次｜ 2022 年 12 月第 1 版第 1 次印刷

©2022 中華教育

規格｜ 16 開（210mm x 170mm）

ISBN｜ 978-988-8809-25-7